每周读个智慧故事

MEIZHOU DU GE ZHIHUI GUSHI

吴广孝 编著

吉林出版集团股份有限公司

图书在版编目（ＣＩＰ）数据

每周读个智慧故事 / 吴广孝编著. -- 长春：吉林
出版集团股份有限公司，2012.1
　　ISBN 978-7-5463-8254-8

　　Ⅰ. ①每… Ⅱ. ①吴… Ⅲ. ①寓言－作品集－中
国－当代 Ⅳ. ①I277.4

中国版本图书馆 CIP 数据核字(2012)第 004048 号

编　　著 吴广孝　　　　　　策　　划 曹 恒
责任编辑 息 望 付 乐　　装帧设计 卢 婷
排　　版 长春市诚美天下文化传播有限公司
出版发行 吉林出版集团股份有限公司
印　　刷 河北锐文印刷有限公司
版　　次 2014 年 1 月第 1 版　2018 年 5 月第 2 次印刷
开　　本 720mm×1000mm 1/16　印　张 12　字　数 60 千
书　　号 ISBN 978-7-5463-8254-8 定　价 39.00 元
地　　址 长春市绿园区泰来街 1825 号泰来出版广场 3 号楼 2 楼
邮　　编 130021
电　　话 0431-88029877
电子邮箱 tuzi8818@126.com

前言

　　吴广孝先生的文字，历来清新、明快、畅达，富有诗的韵味。这部作品，同样如此。

　　吴广孝先生有着一颗不老的童心，为孩子们写作品，他总是用孩子们的眼睛去看世界，用孩子们的思维去思考和理解世界上的人和事。童心本身就是诗心，就是对一切事物充满了好奇的心理，它活泼而灵动，对任何事物都格外认真。在吴广孝先生的作品中，无论是抒情还是叙事，处处体现了这种细腻、活泼、灵动，带有儿童思维模式的特点，并且在叙事中也带着浓郁的感情色彩。这样风格的寓言作品，在其他寓言作家的笔下是不多见的。

目录

每周读一个智慧故事

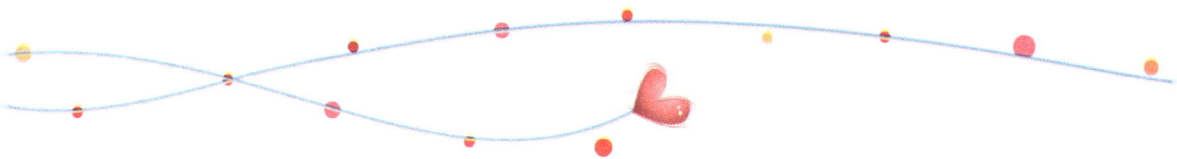

花和果

春风吹开了梨花。梨花村里白云朵朵，啊，那不是白云，那是梨花！

多么美丽的梨花啊！

春风又把花瓣吹落。落花飞扬，飞向欢乐的小溪。

小溪接住一片片花瓣，说："梨花呀，你很美，可惜，你的生命太短暂了，不像绿叶那么长久。"

"你说错了，小溪！"花瓣笑着答道，"你看见那一个个又大又圆的梨子了吗？那正是我生命的延续！"

斗牛士之死

斗牛士迅速地把剑刺入牛背，动作是那么干净利落，潇洒自如，赢得看台上一片雷鸣般的掌声。根据多年的经验，斗牛士知道，那野牛一定会在自己的背后"扑通"一声倒下，永远地倒下。

哎，真不幸！这一次是例外，凶悍的野牛不仅没有立刻倒地，还瞪起滴血的双眼，摇摇晃晃地从背后向斗牛士顶去！

"啊！"看台上爆发出惊恐的喊叫。只见向观众招手致意的斗牛士被顶在半空。

同伴们含着泪水从血泊中救出了斗牛士。

奄奄一息的斗牛士躺在担架上。显然，他的伤势太重了。这位最耀眼的"斗牛之星"，很快就要陨落了。人们强忍住泪水，悄悄地问血泊中的斗牛士："您，还有什么要说吗？"

斗牛士吃力地睁开眼睛，声音微弱地说："我最后的姿势优美吗？"

同伴们默默地点头。最优秀的斗牛士嘴角挂着微笑，慢慢地闭上了眼睛。

斗牛士对事业的热爱和追求，强烈地震撼着大家的心灵。在场的人都失声痛哭。

斗牛场上的骑手

野牛像黑色的闪电冲到斗牛场上，掀起一片沙尘。突然，野牛又停住四蹄，定在那里，好像一块长角的巨石。野牛威武强壮，无所畏惧，赢得全场的赞叹。

这时，骑士出现了。看台上，立刻响起嘘声、口哨声和跺脚声。

"瞧瞧那匹蠢马！身上穿着厚厚的保护服，又臃肿，又难看!"

　　"看看那位骑士大老爷，多神气！还流鼻涕哩！哈哈！"

　　"大草包！武装到了牙齿！骑在马上和牛斗，算什么英雄！"

　　"胆小鬼！真讨厌！滚开！"

　　还有更难听的话，不过，骑士稳坐在马上，根本不理会。他仍然遵守斗牛的规则，用那闪光的长矛刺伤了野牛，使它失去锐气和力量。骑士完成了任务，正要策马走开，刚刚上场的斗牛士十分恭敬地对他说："瞧，朋友，他们又把您骂得狗血喷头！真对不起！"

　　骑士谦和地一笑，回答道："为了朋友的生命的安全，被骂几句又能怎么样呢？"

斗牛少年

巨大的公牛模型树立在西班牙卡迪斯斗牛沙龙的草坪上。一群酷爱斗牛的少年在它的阴影下排练着斗牛戏。他们严肃得很，脸上连一点笑容都不见，真好似在流血的斗牛场上。

一位少年手举牛角扮演野牛，另一位抖动红布，俨然是伟大的斗牛士。那"牛"一遍又一遍地追顶红布。小斗牛士神情自若，一次又一次地躲闪过"牛"的进攻。小斗牛士每次都成功。他高兴极了，

觉得自己完全掌握了全套斗牛本领，可以和野牛真正地搏斗一番了，他甚至能想象出赢得鲜花和掌声的热烈场面。

他强烈要求斗真牛。老师不得不同意他下场试试，尝尝斗牛的真滋味。

小斗牛士雄赳赳地上场了。只斗了一个回合，他就逃到保护墙后，吓得直冒冷汗。

"自作聪明的少年，你这是掌握了全套斗牛本领了吗？"老师问。

"天啊，它奔跑的速度和神情跟我同伴扮演的牛一点也不一样啊！"少年哭丧着脸说。

老师拍拍少年的肩头，说："游戏和搏斗本来就是两码事呀！"

斗牛士

一位久经沙场的战将——老斗牛士就要上场了。一幕惊心动魄的血战即将开始。人们都知道，老斗牛士艺高胆大，许多凶悍的野牛都倒在他的剑下。

登场之前，老斗牛士拼命吸了两口香烟。他那夹烟的手指在微微地颤抖。这极小的动作泄露了老将心中的波澜。

"怎么您有点紧张？不必过分认真，您是一位老手啊！"一位记者说。

　　老斗牛士苦笑一下，把香烟递给身边的同伴，不紧不慢地回答："不错，我是老手。可是，这些从荒野中来的野牛，每一头都是新的啊！"

圣画的启示

西班牙圣·依思多罗的壁画很有名气，不仅仅是因为他的壁画创作年代久远，是 11 世纪的艺术珍品，还因为壁画上富有深意的内容：牛、马和鸟都披着圣袍，举着圣经，长出了天使的翅膀。它们围在上帝四周，很有些天使模样。如果认真细看，马和牛正在左顾右盼，没有认真研读《圣经》，显得心不在焉，颇有些滑稽。

两位哲人慕名来教堂参观，看着这漫画式的宗教圣画，感触很多。在沉思良久之后，他们互相交流看法。

一个说："牛、马、鸟这些畜生只要努力修炼，也可以成为神。人类更应该努力啊！"

另一个则说："在宇宙的任何地方，哪怕是上帝的身边，魔鬼都是存在的。"

每周读个智慧故事

墨西哥大学的壁画是举世闻名的。校园里的草坪、树木和树上的小鸟都在赞美壁画。

"漂亮！颜色多强烈！"

"构图多新奇，真好看！"

"美啊，流畅的线条！"

一位艺术系教授听见这些话，

对草坪、树木和树上的小鸟说："你们说得都对。但，不够全面。别忘记，这些美丽的图画还有着深刻的思想内涵。有思想，才生辉啊！"

印第安人土布

古老的木头织机，"咣当——咣当"发出沉闷的撞击声，好似久远的历史回响，令人沉思。一块粗糙又古拙的花布，带着动人的芳香和人类原始的欢乐，在一双

长满老茧的手上诞生了。

许多旅游者围着古老的织机和织工聊天。

"您的手艺真不错!"

"这是从祖先那儿传下来的。"

"这样一块土布要多少钱?"

织工讲出一个价。这个价比"洋布"要贵上十倍。

"贵吧?"

织工问。

旅游者愉快地回答:

"哪里,哪里,用这点钱我能买到一个民族的朴素和美,一段神奇的经历和回忆,值啊!"

每周读个智慧故事

有轨电车

在世界名城苏黎世，离现代化火车站广场不远的地方，开过一辆又一辆老式有轨电车。

一位旅游者指手画脚地说："现代化城市还留下几辆老式有轨电车做景观，真是个好主意！旅游者欢迎！"

一位戴眼镜的老人说："朋友，你想错了！这有轨电车是我们城市的大动脉，许多人乘这种车上下班啊！"

"真的？"旅游者很不理解，"有轨电车是过时的老东西呀！"

老人咳嗽一声，不紧不慢地说："所谓过时的东西，不一定真是无用的东西。往往是赶时髦的浪潮会毁掉许多有益的东西。"

魔笛和旅鼠

"滴答滴!"

一个穿木鞋的孩子得意地吹着魔笛。孩子身后跟着一队旅鼠。它们急匆匆地迈着细碎的脚步，一只紧跟一只，生怕落在后面。不过，旅鼠的队伍太长了，后面的旅鼠，除了纷乱的脚步声，根本听不到半点儿笛声。它们全凭着炽烈的感情盲目地追随着前方的旅鼠。

19

"真好听呀，这是天国的圣乐！"前边的旅鼠转过头，对身后的同伴快活地说。

"真好听呀，这是天国的圣乐！"同伴又急忙向身后的旅鼠重述一遍。

一只传一只，可是，谁也无法领略到天国乐曲的美妙。

穿木鞋的孩子一边吹着魔笛，一边向深渊走去。

"前面就是天堂！走过去就能得到幸福！"

旅鼠互相传递着"福音"，一边低声祷告，毫不犹豫地向深渊走去。

穿木鞋的孩子站在深渊的边上，得意地吹着魔笛。旅鼠的长队一排一排地栽进深渊。

"这笛声……到底是……什么意思？"一只快要淹死的旅鼠问它的同伴。

"我，我……现在才听明白，那笛子在说：盲从是通向死亡的桥梁！"

商人和长尾鸡

日本横滨产一种长尾鸡。这鸡白羽红冠，圆眼短嘴，拖着长尾巴，非常漂亮。

三个唯利是图的商人想赚一笔大钱，把长尾鸡运到印度出卖。他们乘船来到古城德里，拜见了国王，绘声绘色地描述一番长尾鸡的美丽。

"国王陛下，横滨的长尾鸡好看极了！它有太阳一样的红冠，白雪一样的羽毛，哈达一样飘然自如的尾巴！"第一个商人说。

"据你说，长尾鸡几乎和白孔雀一样美丽了？"国王问。

"陛下，那是当然。我可以肯定，长尾鸡几乎和白孔雀一样美丽。"商人肯定地回答。

"国王陛下"，第二个商人接过话题，"不是几乎和白孔雀一样美丽，而是比白孔雀更美丽！那鸡冠比红宝石还红，那羽毛比中国瓷器还白，那长长的尾羽好似天上的彩虹！"

"你是说，长尾鸡比白孔雀还美丽？"国王打断商人的话。

"陛下，"第三个商人回答，"白孔雀无法和长尾鸡比，只有神话中的凤凰才能跟它比个高低。实际上，

长尾鸡就是凤凰。甚至比凤凰还漂亮！"

　　国王听罢三个商人的话，笑着说："既然这样美，还是把长尾鸡拿出来，先和白孔雀比较一下吧！"

　　三个商人装模作样地从用布遮着的笼子里取出长尾鸡，和花园中的白孔雀放在一起。

　　长尾鸡站在白孔雀面前，自觉羞臊，缩着脖子。

　　"哈哈哈！"国王和大臣们不约而同地笑出声来。"这就是你们的活凤凰吗？"国王理着胡须说，"长尾鸡本来是漂亮的，可惜，被你们的吹捧给弄丑了！"

旋转木马

每周读个智慧故事

深夜，迪斯尼乐园的旋转木马自己转动起来。它们互相追逐，兜了一圈又一圈，互相说笑着。

看管木马的管理人员被惊醒，急忙跑出来察看。只见这些木马正伸出手掏前边木马的口袋！它们的动作十分灵巧，掏完以后，又装作若无其事，谈笑自如。管理员看得目瞪口呆。

木马转了一圈又一圈，互相掏了一次又一次，好似没完没了。木马们十分得意，从那满足的神情看，它们都成了百万富翁。

　　突然，管理员有所领悟，淡淡一笑，什么也没讲，回身把电门关掉了。

两个盲人

　　圣彼得大教堂顶楼上的小鸽子每天看见两个盲人在门前行乞。一个是高个子盲人，小癞子为他领路，另一个是矮个子，有点驼背，全靠自己手中的竹竿探路。高个子有引路童子帮忙，上下台阶，从容不迫，大步走在前面，甚至有点洋洋自得，趾高气扬。矮个子只能慢吞吞地爬上爬下，落在后面。

　　一天，小癞子不见了。有人说，他受不了高个子盲人的打骂，逃之夭夭了。有人说，引路童子到葡萄园打零工，帮忙收葡萄去了，那比给盲人引路更挣钱。

　　早晨，两个盲人到教堂门口行乞。矮个子跟平日一样，靠自己手中的竹竿，爬上爬下，没有多大困难。高个子几乎是弯着腰，摸着台阶，像蜗牛那样爬。

傍晚，他们回去的时侯，矮个子跟平日一样，慢慢地走了。高个子不仅落在后面，还一步登空，从高高的台阶上滚了下来，跌得头破血流。

一只小鸽子问："这个高个子怎么啦？"

一只老鸽子回答："依靠别人成了习惯，一旦失去活拐杖，自然如此！我想，这事倒对谁都适用。你说呢？"

丛林里的医生

　　大象生病了。它拖着沉重的脚步走进丛林，来到猴医院，叩响了猴医生的雕花铁门。大象本以为可以听见"请进"的声音，因为，在雕花铁门上有三行艺术字：

　　"一切为了解除病人痛苦！"

　　"一切为了拯救可怜生灵！"

　　"昼夜应诊，有求必应！"

　　大象又敲门。

"谁呀？"猴子推开大门，不耐烦地问，"你怎么今天生病？今天是星期三，我们要诵经，不看病！"

"咣！"雕花大铁门关上了。

大象只好拖着痛苦的脚步走出丛林。它用土办法治了两天，吃了不少草药，仍不见好，只好再去找猴医生。

猴子推开门，生气地说："又是你！你怎么今天生病！今天是星期五，是我们探讨医道的神圣日子。雷打不动！"

大象淌着虚汗，有些支持不住了。它半靠在门框上，恳求猴医生："请破个例吧！我在发高烧！"

"破例？你是说，破坏神的规矩吗？难道说，你的小病比神还重要？我告诉你，还是老老实实回去。以后生病要选好了日期，明白吗？"

金鼠奖

马德里格兰比亚百货大楼里，只要获过奖的货物，就受顾客欢迎。

一只小老鼠看出了"门道"，经过一番筹备，成立了一个评奖委员会，在戈雅大街开办了金奖颁发办公室，专门给各大公司的产品颁奖。当然，要收一笔昂贵的手续费。

委员会成立的当天，就有五家公司送来了近十种产品，包括香烟、白酒、鞋油、电视、冰箱、头油、发乳和泡泡糖等。小老鼠还没有来得及一一品尝和试用，第

二天又有十家公司送来了百样货物。小小的颁奖办公室几乎变成了百货公司的样品部。

小老鼠眉开眼笑，精心制作了金奖、银奖和铜奖奖章，一一送到各家公司。结果是：

家家公司获金奖，

假货成批上市场，

顾客人人受欺骗，

独有老鼠把福享。

令人不解的是，直到今日，小老鼠的颁奖办公室仍是顾客盈门，金鼠奖满天飞。

龙袍大赛

新潮服装涌来，到处都有模特表演，处处举办时装大奖赛。瞧，维也纳森林里也吹吹打打，筹备着"龙袍大赛"呢。

猴子、野猪、山鸡、狐狸，一个个挖空心思，精心设计龙袍，都想一举夺魁。

大家都忙着做龙袍，只有猫头鹰白天睡大觉，

晚上捉老鼠，不把大赛放在心上。

"哎，伙计，你怎么还不做件龙袍参赛？"狐狸问猫头鹰，"你别守旧，要跟上时代潮流！"

猫头鹰睁一只眼闭一只眼，说："何为守旧？何为时代潮流？我只想问一个问题，请您告诉我：你们都是帝王吗？"

狐狸一怔，连忙回答："当然不是帝王！"

"不是帝王，龙袍对您有什么用？"猫头鹰睁开了两只眼睛，瞧瞧狐狸，"朋友，请你发挥一下想象力，森林中的猴子都穿上龙袍，那该是何等可笑的场面！盲目追求时髦，自以为跟上了潮流，岂不知是一种新的疯狂。"

说罢，猫头鹰闭上眼睛，不再理会狐狸。

仲夏夜之梦

每周读个智慧故事

野果掉进洼地，发酵，居然天趣自成，酿出美酒。一群小仙子口渴了，错把野酒当成水，一个个喝得面如红枣，透明的双翅变得飘然无力。他们吵吵闹闹在树林里东游西荡，遇到一头沉睡的毛驴。仙子们立刻落在毛驴的

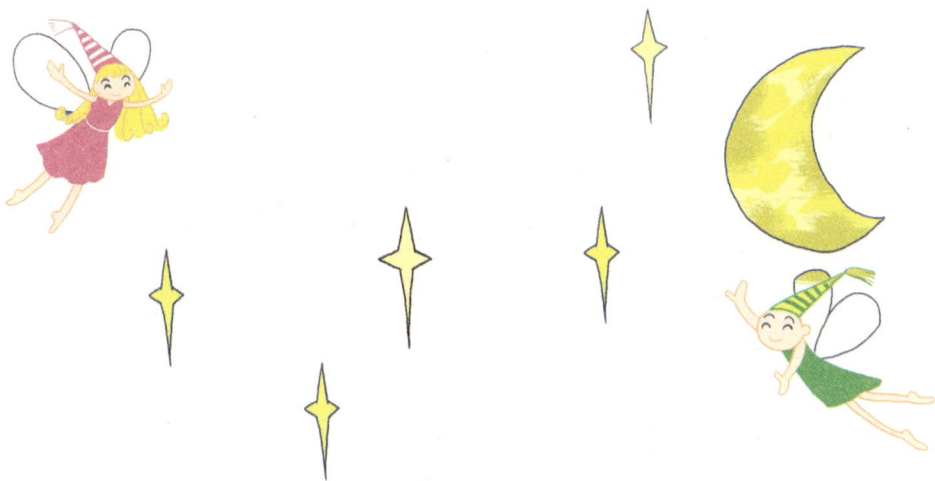

鼻子和耳朵上，跳起了舞蹈。毛驴被惊醒了，望着一轮皓月，扯着嗓子"哇哇"大叫。喝醉酒的仙子觉得这"哇哇哇"声无比美妙，马上采了许多鲜花，编了一个花环，戴在毛驴头上。

毛驴受宠若惊，自以为真的成了大歌星，叫得更来劲了。

时光很快地溜走。小仙子醒酒了。他们看见自鸣得意的蠢驴，意识到自己的荒唐，很快扯下了驴头上的花环。

月亮目睹了这一幕闹剧，笑着说："野酒也会使世界头朝下走路，真有趣！"

老风车

每周读个智慧故事

　　蓝天白云下，郁金香花丛中，老风车悠闲地转动着巨大的叶轮。真的，它从来没有像今天这样潇洒，因为，它早已不像奴隶那样没日没夜地碾米磨面。今日的老风车或装饰在漂亮舒适的旅店上，或成为独具一格的旅游点，或变成了精致灵巧的风力发电站。总之，它成了一种古老文化与现代文明巧妙结合的最精彩的符号。

　　风车下，盛装的荷兰人和旅游者尽情欢歌。

　　一位中国诗人望着老风车，不禁感慨：不是古旧物品无用，而是今人缺少丰富多彩的想象和严肃认真的思索呀！

海堤

春天，一群又一群海鸟、天鹅和大雁落在荷兰的海堤上。它们叽叽喳喳，笑闹不止。半年没有见面了，有多少见闻和信息要交流啊！

天鹅说："我到过世界各地，最爱荷兰的海堤，甚至，我觉得它比中国的长城更有意义。"

大雁伸长了脖子为长城辩护："比中国的长城更有意义？为什么？"

天鹅不紧不慢地回答：

"我们脚下的海堤，仅仅和大自然抗争，和海浪抗争，是为了哺育生命。"

大雁激动起来，红着脸说："难道长城就不是为了哺育生命？"

天鹅笑了，亲切地拍拍大雁的肩头，说："长城当然有长城的伟大。但毕竟是战争年代的产物。我喜欢和平，喜欢和平的

产物——海堤！"

大雁仍不服气，高声地叫道："我也喜欢和平！长城也是和平的产物！"

观看论战的海鸟一直沉默不语，这时，它们冲上蓝天，说："我们爱海堤，我们也爱长城！"

古老风车的对话

明媚、幽静的海滩，红的、白的、橙的、黄的郁金香像一块块地毯铺向绿色的远方。

相距不远的两个古老的风车，迎着从海堤外吹来的带有咸味的海风，轻轻转动巨大的叶轮，陶醉在花香和美景之中。

古老的风车和人类的老爷爷一样喜欢怀旧。

"想想过去，这一带是什么情景啊！荒凉、破旧，到处是杂草、乱石堆、垃圾……"

"是呀，是呀！"另一个老风车说，"那时候，人们好像走火入魔了，整天就是打仗。到处是纷飞的战火

40

和可怕的阴谋！"

"可怜的人们忙着和自己人争斗，没有时间填海造田，更没有时间种花种草。"

"是呀，是呀，所以，我们的过去只能是一片破败！"

石 榴

安达卢西亚的阳光下，石榴咧开嘴，露出黄金般灿烂的微笑。那一颗颗饱满的种子，是一颗颗带着露珠的心，向着风吐着芬芳……

即使在战乱的岁月，石榴依然微笑。

谁能打败青春？

郁金香传奇

每周读个智慧故事

　　一位土耳其使者在苏丹的王宫中看见一种极为美丽的花。他从苏丹王宫带回了这种花，并把它赠给最爱花的荷兰人卡罗洛斯·克拉斯。这是 1594 年的事，这种美丽的花就是郁金香。

　　卡罗洛斯·克拉斯得到了郁金香如获至宝，急切地开始了培育和繁殖工作。四百年过去了，荷兰成了郁金香的海洋。

　　天使们也喜欢郁金香。天国花园里种了许多郁金香。卡罗洛斯·克拉斯正是天国花园的园丁。

　　"你怎么培育出那么多郁金香？"天使问卡罗洛斯·

克拉斯。

　　卡罗洛斯·克拉斯笑着回答："只有爱心和汗水才能使一朵小花变成花的海洋。"

金色郁金香

每周读个智慧故事

培育出黑色郁金香之后，花匠要继续培育金色郁金香。消息传出后，朋友们一片哗然。

"你发疯了！这可能吗？"

"有什么不可能？中国有金色山茶花，为什么荷兰不能有金色郁金香？"

46

花匠的回答坚定如铁。

朋友们一个个摇着头走了，嘴里不停地说："他疯了！他疯了！"

夜里，花匠独自一人，躺在木板床上，望着一轮明月，问："月亮，我们这个世界多么奇怪呀，把决心创造奇迹的人叫作疯子。你能帮助我解释一下原因吗？"

月亮默默地瞧着花匠，一句话也没说。

波提切利的《诽谤》

每周读一个智慧故事

意大利绘画大师波提切利画了一幅题为《诽谤》的画。

夜里，画上丑陋的巫婆裹着黑袍在奔跑。她脚步踉跄，很不情愿，又不得不狼狈溜走。那飘动的黑袍好似肮脏的裹尸布。一个少女正指天盟誓，她赤身裸体，洁白如玉，内心充满正直和光明。是她迫使邪恶的巫婆逃走。

巫婆大叫："赤身裸体的真理，你听清楚！我诽谤一定回来！要回到更多人的心里！等着瞧吧！"

听见这个故事，大师波提切利笑着说："我把你暴露在光天化日之下，你还能回来吗？"

冰人复活

每周读个智慧故事

一位被科学家和医生们冰冻了一个世纪的人复活了！这真是科学和技术的奇迹！

据记载，复活者是一位了不起的大学者，他目光敏锐，才华横溢。他参加过激进的学术团体，为人类和科技的进步曾大声疾呼，作过不少贡

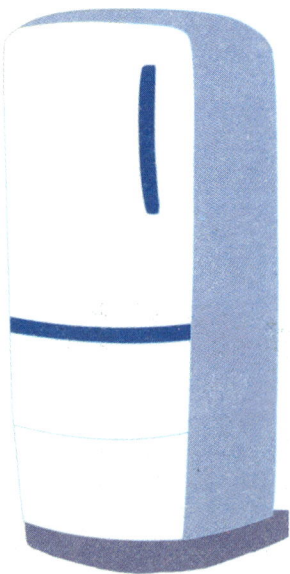

献。他复活了。他的子孙后代期待着老人的新贡献。

不料，这位安睡了100年的老人，对今天的一切都不中意，从人们的语言、习惯、装束到电视、汽车和摩天大楼都很不满意。

"这算什么东西！难道世界应该这个样子吗?"老人几乎天天发火，对变化的世界冷若冰霜。他几乎又变成了冰人！

时光老人目睹了这一幕深刻的悲剧。他垂下花白的头，无限感慨地说："世界今非昔比，按照过去留下来的思维方式行动，只能多制造几个冰人啊!"

结论

帕提侬神庙的废墟前，两位相当知心的朋友谈起希腊文学遗产。

"据我所知，古希腊三位最伟大的悲剧诗人的作品差不多全都散佚了。埃斯库罗斯写了七十至九十部作品，流传下来的只有七部。索福克勒斯创作了近一百三十部作品，保留至今的只有七部。欧里庇得斯也写了近百部作品，现存的不过十九篇！看来，对艺术珍品真要好好地保护呀！"一个朋友这样说。

另一个人直摇头，发表了不同看法："你举的三大悲剧诗人的例子并不假。不过，结论并不一定正确。文学遗产和一切遗产一样，你保护得再好，也会散佚。这是自然规律，用不着我们操心，由它去吧！"

"由它去吧？难道，这就是你的结论？"

"难道还会有别的结论？"

斗牛

每周读个智慧故事

　　斗牛的眼睛红了，好似一团黑乎乎的烟气冲入为它设计的陷阱。几个回合下来，斗牛愤怒又无可奈何，站在斗牛场中央的沙地上喘粗气。斗牛士巧妙利用这一瞬，向斗牛的脊背上迅雷一般插入一把锋利的宝剑，直

达斗牛的心脏。斗牛鲜血淋漓，像喝醉了酒，晃晃悠悠地倒在沙地上。

看台上，欢声雷动。斗牛士向人们举帽致敬。

一位哲人问："为什么光荣总要带着血腥？"

创新的画家

一位画家循规蹈矩，认认真真地在写实的路上苦苦求索。可惜，他的作品无人问津。饥饿来敲门，困苦来敲门，苦闷的画家一筹莫展，只能随心所欲地胡乱涂抹。没有料到，当画家走上"邪路"的时候，却创出一片新天地！

于是，有人抱怨："正人君子无人理睬，学学流氓成了英雄！"

其实，抱怨无用。这里有一条

文化上的"铁律"：文艺女神喜欢标新立异，更对随心所欲、自然天成情有独钟！

如果你也能无所畏惧地开创新风，那么你也是英雄。

吉他发出幽怨的悲声，又是那么激越和铿锵。舞者用力地踢踏，放声高歌，尽情释放心中的热情。想真正理解眼前的弗拉门戈舞吗？西班牙朋友告诉我们，必须去阿尔赫西拉斯海滩晒晒太阳，欣赏一下阿尔莫拉伊玛庄园的亭柱，听一听曼努埃尔铁匠铺子的敲击声，喝一杯葡萄酒，还要到达巴霍德吉亚一边品尝白葡萄酒和美味对虾，一边聆听激情的斗牛音乐。

我们听信了朋友的忠告，尽力去追寻，最后，我们终于明白，弗拉门戈在阿拉伯语中的意思是"流浪的农民"。

同时，我们也明白了，它是混合了古希腊人、古罗马人、阿拉伯人、犹太人、印度人和吉普赛人血液的奇花异草，一个真正的混血儿！

在弗拉门戈舞者面前，我们曾以为这是西班牙最纯粹的舞蹈，事实却和我们开了个大玩笑。迂腐的文艺理念化成了肥皂泡！我们面对的是：兼容并蓄、融会东西、采撷众长的"混血儿"为自己建立的新碑。

想当然总是可笑的。主观臆断的"纯正"在文化上行不通，大概，在许多领域也行不通吧？

西班牙词典

每周读个智慧故事

阿拉伯人统治西班牙将近八百年！阿拉伯的文化永远地留在西班牙人的血液中。讲十句西班牙语，大概七八句离不开阿拉伯文的词汇。历史就是这样把不同的民族文化融合在一起。可是，一位编撰大词典的学者主张，西班牙文要纯正，要纯了又纯，要去掉外来词汇的影响，更不能把不伦不类的、流行的现代词汇编进去。

专家历经千辛万苦，终于编成了词典。词典中没有了外来语，没有了流行语，甚至新鲜的科技词汇也没有收录，因为，科技词汇大多是外来语。学者很自豪，可惜，没有人愿意用这部所谓的"纯正"大词典！因为它是一本支离破碎、远离人间烟火的"死书"！

在我们一本正经地呼唤"纯文学""纯艺术"等的时候，是不是也要想一想这本词典的教训？

维拉斯盖兹的葡萄

　　一串葡萄，颗粒饱满，在闪闪的阳光下好似透明的琥珀，那甜甜的汁液仿佛要冲破薄薄的葡萄皮滴淌出来……

　　一只鸟看见了葡萄，垂涎欲滴，不假思索地飞过来，想啄一口。"当！"小鸟的脑袋撞在维拉斯盖兹的名画上。

　　头昏眼花的小鸟躺在地上自嘲："都说眼见为实。其实，正是自己的眼睛常常欺骗自己！"

椅子雕塑

每
周
读
个
智
慧
故
事

在日内瓦联合国总部大门前，一把巨大的三条腿的椅子雕塑令人觉得奇怪。

一位哲学家对椅子说："这太危险了！你会倒的！"

"你的担心很有必要。"椅子回答，"如今，世界上有成百万个地雷仍埋在地下，每个小时都有无辜的人被炸死，也许是可爱的孩子，也许是美丽的姑娘……死亡，每时每刻都在威胁着人类。我站在这里，就是提醒你们，世界并不安宁。"

哲学家轻轻地摸着断了的椅子腿，说："我首先感谢雕塑家的良知和他的艺术良心。同时，我还要感谢正

在小心清除地雷的战士。如果我们共同努力，总有一
天，你这受了伤的腿会痊愈的。"

椅子沉默不语。

65

花 钟

伯尔尼街心花园，一座美丽的花钟在滴滴答答地走着。

秒针闪着金光在和阳光赛跑，好似要轻轻抚摸鲜花和绿叶的头顶。分针有节奏地跳一下停一下，对花儿和叶儿有说不完的悄悄话。只有时针稳重，在十分必要的时刻才迈一步，总是坐在花

丛中沉思。

　　"你在想什么呢？"哲人问花钟。

　　花钟回答："只要心地善良，人类是完全可以在美丽的鲜花丛中度过每一天的。"

　　哲人沉默不语。

67

天马

　　明亮的玻璃橱里铺着鲜红的天鹅绒，铜天马住在里边，却满脸不高兴。天马的邻居——稀世珍宝人型神灯看在眼里，问："为什么不痛快？难道房子还不够阔气？这可比埋在甘肃武威雷台强多了！"

　　天马摇摇头，说："不是房子，是名字！你瞧，人们强加给我一个什么名字！马踏飞燕！难道，我是一般的马，蹄子下真是一只燕？"

　　人型灯思索了一下，说："是不符实际。"

　　"当然不符实际！"天马激动起来，"我是汉代人心目中的神马，是嘶青云，腾昆仑，神通广大的天马。

晋代敦煌《山海经图赞》中'龙凭云游，滕蛇假雾，未若天马，自然冷翥'，指的就是我！另外，我的脚下也不是什么飞燕，而是飞廉神风，著名的龙雀。张衡的《东京赋》中说，'龙雀蟠蜿，天马半汉'，就是说我在空中奔腾，凌驾于龙雀之上。"

神灯心悦诚服地点点头，说："名字可以改过来，你不要不高兴。"

"是啊，"天马也点点头，"不过，我总是想，不要因为有几个假天马自称天马，就把真天马也影响坏了。何必因人废言、因人废名呢！"

乐山大佛

　　大雁排着整齐的"人"字形，沿着长江飞行。它们在四川乐山看见了一尊大佛。雁群围绕着大佛飞舞，一边观赏，一边赞叹："真是顶天立地，世界第一！"

　　"这大佛充满了灵气！真了不起！"

　　大佛望着雁群，说："我的个子是够大的！不过，真没什么了不起，只不过是千百个石匠把不需要的石头全部敲掉了。"

秦始皇陵兵马俑

　　瞧吧，六千名雄赳赳的将士排成一列横队，三排横队后面是九列纵队。将士们有的穿铠甲，有的披战袍，手执戈、矛、剑、吴钩、弓……，一个个魁伟、威武、镇定、机警。纵队中，四匹骏马拉着一乘战车。甲首、参乘和驭者跟在车后。骏马四蹄矫健，剪鬃缚尾，双耳前倾，敏锐强壮。将士雄悍精壮，严峻深沉。这六千名将士和战马组成的队伍正唱着雄壮的军歌，以一往无前的气概从地下、从黄土深处走出来，走向世界。

　　这就是秦始陵皇兵马俑！

各种肤色和衣着的人涌进兵马俑博物馆大厅。他们被眼前的景象深深地吸引，连讲话都压低了声音。此时此刻，他们心中正回荡着号角声、战鼓声和将士们坚定整齐的脚步声。

秦始皇乘着铜马车来了。他望着自己的队伍，又看一眼低声交谈的各国游人，微笑着问身边的李斯："爱卿，这些人在讲什么？"

"陛下，他们说，兵马俑是世界第八大奇迹。它和万里长城一样，将万古流芳，永世长存。"

秦始皇点点头，眼睛里闪出雷电一样明亮的光辉："这是中华民族文明的力量，两千年的泥土和灰尘也遮挡不住！"

永泰公主墓里的苍蝇

每
周
读
个
智
慧
故
事

参观人群已经散去，永泰公主墓里显得空荡而又神秘，静得真像坟墓一样了。突然，几只苍蝇围绕着墓顶上的灯嗡嗡地叫："谁知道永泰公主有什么本事吗？我真不明白，现在的人们为什么这么重视她！"

"可不是嘛！最多会吟两句诗，画几笔画，肚子里有点墨水罢了。"

"说的是嘛，她有什么了不起！她本来就埋在地下，就永远埋在地下算了！"

"如今的人们真奇怪，一窝蜂来参观，什么公主长，公主短，简直捧上了天！"

壁画上的仕女实在听不下去，甩了一下长袖，对她的同伴说："这些苍蝇真可恶！如果不把这珍贵的文物发掘出来，建成博物馆，它们能钻到这里说长道短！"

另一位仕女点点头，说："让它们嗡嗡去吧！公主还是公主，苍蝇还是苍蝇！"

西安夹克

　　关中妇女心灵手巧，一针一线缝制的背心成了旅游者热心收藏的珍品。背心漂洋过海，走向世界，并且赢得一个洋味十足的名字——西安夹克。

　　话说，一天傍晚，几十件色彩艳丽、图案新奇的西安夹克被摆在宾馆小卖部的柜台上。夹克上绣着小猫、青蛙、蝴蝶和毛驴。这些小生灵一个个瞪大了眼睛望着灯火辉煌的宾馆，不觉吐了吐舌头："这可比俺家的窑洞亮堂！不过，这里也是俺的家！"

不久，小生灵们发现一件夹克垂头丧气地躺在一边。一只红肚皮绿眼睛的青蛙好奇地问："咦，俺听说西安夹克大受欢迎，你怎么没人要呢？"

"他们太不公平了！"夹克说，"你们瞧瞧，我的颜色多鲜艳！上面绣的花多红火！我可以告诉你，我的做工更精细。我是用缝纫机做的哩！"

"啊——"小青蛙长长地吐了一口气，说："大概，你的毛病就是出在缝纫机上哩！你失去了手工缝制的韵味，也失去了民间工艺品的风采和格调，你没有了个性啊……"

没等小青蛙讲完，十几位旅客围上柜台，把那些乡土味十分浓郁的夹克一抢而空，而那件用缝纫机做的"洋"夹克仍然无人问津。

没有个性，就没有生命。

琼花

扬州瘦西湖畔，洁白的琼花争相怒放。

少女在花前留影，悄悄地对琼花说："你是天上仙女的玉环。隋炀帝亲自来看过呀！"

琼花摇摇头，说："你相信真有仙女吗？当然，传说总是非常美丽的，我也梦想成为仙女的玉环。可惜，事实却不是这样。我是扬州城里有血有肉、能生能死的小花。我的美丽除了自身的努力，全靠花匠的辛劳。一切都不是神仙给的！至于那个昏君来不来并不重要。让辛辛苦苦的百姓喜欢，我才真正高兴哩！"

每周读个智慧故事

秦淮人家的菜单

每周读个智慧故事

南京秦淮河畔，古色古香的楼台里传出优雅的丝竹之声。一名学者伴着江南美曲，走进秦淮人家，立刻被饭店的装饰和经营的方式所征服。学者觉得，从桌椅、餐具、菜具到服务员的服装都流露出一种清新高雅的格调、一种古老文化的温馨。学者微笑着拿起精美的菜单，那上面印着有趣的店标：一朵莲花托着一个可爱的娃娃。学者玩味许久，才慢慢打开菜单，看看菜名。

"哦！"学者皱起眉头。淡雅的扇子面上，几行菜名，歪歪斜斜，不成体统，好似刚刚上学的小孩子写上去的。

"可惜了这美妙的菜单！看了这些字，最有味的小吃也失去了味道！"学者暗暗伤情，"细微之处的不足，也许是最大的不足啊！"

81

蒙面狂舞

西班牙纳瓦拉这个地方每年都举办乡镇狂欢节。节日里，人们穿上五彩缤纷的服装，走上街头，涌进广场，尽情地高歌狂舞，把平日的忧愁和痛苦全都扔在脑后。不过，有些人很想加入狂欢的队伍，渴望快快活活地玩一通，又不想让人认出自己，怕失去高贵的身份。他们只好用一种半透明的丝面罩蒙上脸。这

些蒙面的舞者往往最为活跃。他们狂呼狂叫，以为有了面罩就可以很好地藏起自己，谁也认不出他们是某某绅士或某某淑女了。

一位蒙面人来到擂鼓老人面前，拖着怪腔，用假嗓子讲话，又夺过老人手里的鼓槌，用力击鼓。

老人看了一眼蒙面人，笑了，心里说："你的装腔作势正好暴露了你的真面目。哎哟哟，唐璜老爷，脸，不仅仅长在脸上啊！"

中世纪小街

西班牙有个地方仍保留着一条中世纪的小街。石子铺就的小路弯弯曲曲，古老的街灯满是油污，石头和泥土垒起的小屋歪歪斜斜，有棱有角，没有一扇大窗户，只有两个类似碉堡枪眼的小窗口，显得古拙、奇特。小街历尽沧桑，很像一位饱经风霜的老人蹲在路边沉思。

从外地来的旅游者总是打破小街的沉思。他们指指点点，欢声笑语，与中世纪小街的宁静很不相称。

"一定要好好保存这条小街！真是太有趣了！特别是这泥屋，真可爱！"

旅游者都这样讲，并且拍下不少照片。

每周读个智慧故事

一天，小泥屋烦了，它对旅游者说："保存，当然可以保存！不过，你们真的住进小泥屋，就不会高喊有趣和可爱了！"

　　太阳海岸。中午，玩帆的人都去餐厅用餐，五颜六
色的帆整整齐齐地躺在绿色的草坪上，很像一朵朵鲜
花，令人们赞不绝口。

　　帆却另有看法。

　　"帆躺在草坪上，人类以为很美，其实，对帆来说，

和死亡差不多！"

　　"帆是不能离开大海的！哪怕是躺在海滩上，听听海涛声，也比躺在草地上充当什么鲜花好上千万倍！"

　　帆是有道理的。

提花 台 布

　　玛利雅老奶奶坐在门口，坐在盆花和绿草之中，聚精会神地编织着提花台布。她不紧不慢，一丝不苟，把心中最美好的图案和感情全部倾注在台布上。

　　台布编织成功了，它成了一件十分珍贵的艺术品。

　　大机器生产的现代台布很不服气："瞧瞧！老太太的台布多么古拙！我是多么新潮！它出自一位粗俗的老太太之手！我是现代化大机器的产儿！凭什么它比我贵上百倍！"

　　艺术评论家笑了，说："就凭它的古拙和出自老太太之手！"

青铜镜

每周读个智慧故事

西班牙古老的宫殿里有一位长得十分丑陋的公主。丑公主有一面中国的青铜镜。镜子上雕刻着凤凰和上百只小鸟。据说，这面"百鸟朝凤"镜不仅能照人，还能像人一样讲话和发出清脆的鸟鸣。

一天，丑公主拿出铜镜玩赏，一会儿摸摸那栩栩如生的凤凰，一会儿看看镜子背面的金钮，只是不照自己的面孔。铜镜奇怪地问主人：

"为什么只欣赏我身上的装饰？我的长处是能够照见人的面孔呀！"

丑公主听见镜子美妙动听的声音放声大笑："蠢货！我就是不许你发挥长处！这样，我的丑陋谁还能知道呢？哈哈！"

铜镜沉默了，面孔变成青色。最后，它叹了一口气说："公主啊，世界上比我铜镜明亮的还有人的眼睛啊！"

中国的檀香扇

公主豪华的客厅里，一台立式电风扇一边摇着脑袋，一边吹送清风。它摆头的时候，看见沙发上有一把中国的檀香扇，就趾高气扬地说："喂，可怜的扇子，有了我，你就没有用处了！"

电风扇正得意，美丽的

公主匆匆忙忙地走进客厅，眼里闪着焦灼的光，环顾四周，好像在寻找什么。突然，她高兴得"哎呀"一声，扑向沙发上的扇子："我的宝贝！我找你找得好苦啊！"

公主带着扇子离开客厅。这时，扇子望望电风扇，说："朋友，瞧见了吧！我不仅仅可以扇风，还是艺术品和珍贵的信物。这一点，连先进的设备都无法代替，何况你这个摇头晃脑的家伙！"

石头面纱

每周读个智慧故事

　　一位美丽的西班牙女郎，在结婚之前向情人提出一个奇怪的要求：要一块石头面纱。这可难坏了小伙子。为了这该死的结婚礼物，他愁眉不展，饭也吃不下，一天天瘦下去。

　　一天，他的朋友听说此事，决定帮助这位可怜的年轻人。于是，他找来一块巨大的白玉石，又多次拜访那位要石头面纱的女郎，询问有关石头面纱的尺寸、颜色和式样。几个月之后，朋友雕刻了一个披面纱的少女。这石像栩栩如生，特别是披在少女头上的纱巾，轻盈透明，如果吹来一阵清风也许它会飘动！许多人都试着扯下那面纱，看一看少女俊俏的面孔，结果只能摸一摸洁白的白玉石。

索要石头面纱的女郎也来看少女的雕像。她觉得雕像就是自己，可是，她看不清俊美的脸庞。她伸出手去揭那面纱，这时，新郎的朋友讲话了："好了，美丽的女郎！这就是你需要的石头面纱，快准备婚礼吧！"

欢快的婚礼举行了。人们无不感激地拍拍艺术家的肩膀："你真聪明！"

他却回答："这实在没有什么了不起！直接办不成的小事，只要动动脑筋转个小弯，也许就成了！"

骑警

每周读个智慧故事

　　骑警骑着大白马在现代化的大街上巡逻。汽车在身边飞驰，高楼在路边矗立。骑警带着现代化的武器，可是，总有一点类似表演的意味，引得许多人，特别是旅游者的好奇。大白马早已感到其中的韵味，就对他的主人说："用古老的方式，抓现代的小偷，这里真有一番乐趣，是吧？"

　　"不，不是那么一回事！"骑警十分认真地说，

"小偷古而有之，这是用古老的办法解决古老的问题。"

白马仰起脖子，"咴咴"叫了两声，说："别把一切坏的都推给祖先！为什么你们人类都这样？骑警也不例外！哼！"

古罗马水道

月亮从山头悄悄地爬上来，望着古罗马水道。这花岗石砌成的巨大工程，已经有上千年的历史，经受了漫长岁月和风雨的侵蚀，周身落满了灰尘，长满了青苔。水道好似一位巨人，头枕着皑皑雪山，脚伸向辽阔的平原，沉沉地睡去了。只有在那宽阔的血管——梁道里，清澈的山泉仍在奔流不息。水道引来高山上的雪水，给平原上的麦穗和鲜花送去丰收和喜悦。

月亮情不自禁地赞美水道。

"何必赞美我哩！"水道醒来，揉揉自己的眼睛，

说，"还是赞美水吧！因为，这不是平平常常的水，这是人类的聪明才智啊！"

99

宝箱

博物馆有一个精致的小木箱。金色的阳光穿过花格窗户走进大厅，摸着小木箱光洁的箱面，说："你真漂亮！"

小木箱靠墙站在一边，像个羞答答的少女，一言不发。阳光望着小木箱一身土黄色的装束。这是木头的本色，没有金银点缀，也没有镶嵌宝石，只有一些用木头拼成的图案。一个个只有一平方厘米的小花纹都极为相

每周读个智慧故事

似，而每个小花纹中还有几十个更精致的花纹！

阳光一边欣赏，一边说："真不可思议。太细腻，太精巧了！"

这时，小木箱才搭腔："老工匠用了 12 年的时间哩！能不精美吗？不过，我仍然是保护珍贵宝物的普通木箱而已！"

"不，不！"阳光说，"你保护珍宝，你自己也成了一件珍宝！"

101

钟声

萨拉曼卡大广场上有几口大钟。关于它们的历史我说不清楚，我只想给大家讲一个关于它的故事：一天，大钟向它的朋友——鸽子提出一个问题："我的声音洪亮又清晰，可以传出几公里远。我更是忠于职守，我的声音始终如一，没有任何变化，铛——铛——铛。可是，

为什么，人们有时说我歌唱，有时说我哭泣，有时说我呻吟，甚至有时说我愤怒地号叫？"

小鸽子聚在一起，研究了好几天才回答："你虽然没有变化，但，听你声音的心灵却是千变万化的！"

103

阿维利亚的长城

每周读个智慧故事

　　各种肤色的旅游者站在阿维利亚的长城上，眺望远方的美景。远处，那是一座崭新的城，充满生机和欢乐。

　　"除中国长城之外，阿维利亚长城是世界上保存

最好的长城!"导游小姐不无自豪地介绍。

一位旅游者,也许是位学者,试探着和导游小姐讨论长城:"人们说,长城会导致闭关锁国。例如,在中国古代就发生过这种事。您觉得如何?"

导游小姐微笑着回答:"我没有研究过古老的中国。不过,您还是看看远处的新城吧!那里多美!我想,长城只不过是一道高墙,谁想真正越过它并不十分困难,特别是思想!"

105

塞维亚金塔

宁静平和的夜，塞维亚金塔被聚光灯照得通明。远远望去，那高耸的身影轮廓分明，楚楚动人。不过，人们更欣赏那河中的倒影——闪闪烁烁、微微荡漾的光辉。事实上，金塔也把自己身边的河流当成一面镜子，每天每夜都照着自己的倩影。这倒影华美无比，令人遐想，使人陶醉。许多人在河边流连忘返，画家有了创作灵感，诗人有了浓浓的诗情。后来，人们把金塔倒影当成一景，几乎忘了金塔本身。这使金塔十分惊奇。

一天，金塔对河流说："你只不过是我的倒影，要想找到真正的金子还得到我的身边来！"

河流笑着回答："我听见一位哲人说，金子虽然可贵，可是，世界上还有比金子更可贵的东西！"

几何图形的花窗

每周读个智慧故事

　　强烈的日光下，人们走进寺院大厅，顿时感到一阵凉意。回首望望门外，对称的窄长的花窗正逆着强光，优美典雅的几何图形分外清晰，给人一种变化多端、无穷无尽的印象。

　　一位建筑学家被花窗迷住了，他不停地感叹："真想不到，简单的几何图形竟这般美妙！"

　　"看来，您是真正喜欢我。"花窗说，"不过，您知道当初人们曾经看不起我吗？"

　　建筑家理理胡子，笑着回答："在没有走进寺院之前，我也担心简单的几何图形会缺乏韵味和特色哩！"

花窗也笑了，说："不用人物和动植物作装饰，好像会造成单一、呆板，但其实为大量利用几何图形创造了自由天地。这里，是不是包含着某种哲理的种子？"

　　建筑家爽朗地笑了，却没有回答。

月亮和狼的雕像

一个无家可归的孩子躺在雕像下睡着了。月亮照着他的脸，喃喃地自语："这沾满泪痕的脸是多么苍白啊！"

月亮照耀着雕像。这是一座著名的铜塑。一只母狼正哺育着两个裸体婴儿。那婴儿是多么健壮和快活啊！

"哈罗！月亮仙子！"母狼突然仰起头，高傲地说，"我是一只狼，在人类的眼里，在他们几千年来编造的故事中，我是十恶不赦的野兽。不过，我却知道用自己的乳汁哺育无辜的孩子！……今天，哼，你全看见了，我的雕像下就躺着流浪儿！你现在还能说，人类比我善良吗？"

月亮深沉地回答："此时此刻，你有理由骄傲。然而，狼的一次行善又怎么能代替持久的残忍呢？"

鸭嘴兽

每周读个智慧故事

中国动物园新从澳大利亚运来一只鸭嘴兽。一位自称理论家的人一边打量着鸭嘴兽，一边对身边的朋友说："鸭嘴兽实在太丑了！"

不料，鸭嘴兽听到了理论家的话，马上游到他的身边，张开扁平的鸭子嘴，问："干吗说我丑！恩格斯还请求我原谅他呢！"

理论家大吃一惊。不过，他马上想起恩格斯致康·施米特的信，从容地回答："如果不是亲眼所见，谁能相信你这位高贵的哺乳动物会生蛋？恩格斯犯了错误，向你道歉，正说明他尊重事实，服从真理！"

　　"这我清楚，"鸭嘴兽说，"我也十分敬佩他的勇气和真诚。不过，很多自称恩格斯学生的人，也许还包括您……"

　　"我怎么了？"理论家不悦地打断了鸭嘴兽的话。

　　"尊贵的理论家，不要生气嘛！我只希望人们多看我几眼！"鸭嘴兽狡猾地眨眨眼睛。

　　"你想捉弄人，是吧？"

　　"哪里，哪里！"鸭嘴兽笑了，"不过，能让总喜欢一刀切的机械头脑发痛，我是很高兴的。"

　　听着鸭嘴兽的话，理论家笑了笑说："喜欢一刀切

的又何止恩格斯的学生。把所有人的头脑都看成机械的，不也是一种新的一刀切吗？"

图腾柱

　　澳大利亚的一对新婚夫妇，脖子上挂着金十字架，接受神父的祝福。他们怀里抱着鲜花，心中回荡着圣乐，缓缓地从教堂里走出来。登上马车，去乡间度蜜月。

　　他们在古老的居民村兴致勃勃地看了土著居民的茅舍、弓箭，观赏了土风舞，最后，又来到高大的图腾柱前。这里熙熙攘攘，有许多旅游者。人们正以自己的理解品评着这远古的纪念物。戴着十字架项链的新婚夫妇望着图腾，根本不解其中的意味。新娘娇声娇气地说："亲爱的，这东西多么原始、落后和愚昧啊！"

新郎好似学舌的小鹦鹉，也轻蔑地说："原始、落后、愚昧！"

图腾柱看了一眼新婚夫妇，指着他们胸口的十字架，说：现代人不也是从古代最初的原始、落后、愚昧走过来的吗？"

故宫珍宝馆

一走过故宫珍宝馆，人们就可以看见两只巨大的玉象站在门里。洁白的玉石泛着淡绿色的光泽，满身珠光宝气，吸引了许多人围观。

萝卜小子带着笔记本，领小妹来参观。他们细心地看，认真地记，中午饭都忘记吃了。

"这次假期，我一定要写出最好的旅行记！"萝卜小子暗下决心，在珍宝馆里整整参观了一天。闭馆了，萝卜小子和小妹离开珍宝馆。在回家的路上，小妹问："哥哥，你看得可真仔细！你都记下了什么宝贝？"

萝卜小子摇了摇手中的笔记本，笑着说："有玉佛、金菩萨、珍珠凤凰、大金盘子、翠鸟羽毛、帽子、鼻烟壶、针线包……皇后用的针线我都看见了。"

"你看见玉石大象没有？"小妹问。

"什么玉石大象？"

"很大很大的大象，就在大门口两侧，一边一个，是宝玉的，比我还高，我得扬起脑袋看。"小妹认真地解释。

"你骗人！根本没有！"萝卜小子说。

小妹笑了，回答道："针头线脑都看见了，却看不见大象！傻瓜！"

每周读个智慧故事

118

两只苍蝇

不知从什么地方飞来两只苍蝇。它们嗡嗡叫，也没有买门票，就飞进了故宫博物院。

"听说，进了这禁止城，就可当皇帝！"

"什么禁止城！那叫紫禁城！是皇宫的意思！"

"就算你说得对。我问你，我是不是可以当皇帝？"

"当皇帝要坐在大成殿的龙椅上！"

"好！我们去大成殿！"

两只苍蝇嗡嗡叫，飞进了大成殿，争先恐后地坐在龙椅上。

"我是皇帝啦！"

"我是皇帝啦!"

两只苍蝇欣喜若狂。

"给我叩头!"

"喊我万岁!"

想不到,两只苍蝇在龙椅上吵起来。

这时,服务员来了,挥动着苍蝇拍,把它们打死。

临死之前,这两只苍蝇还在叫:"我是正统!我是正统!"

一块小石头

地质考察团访问泰山。一位老教授用尖镐取了一块石头。

"我要把它放在首都自然博物馆里。"老教授说。

"还得给它做个玻璃盒子，里面衬上红色的天鹅绒，再贴上一个漂亮的金标签。"老教授的同伴半开玩笑地说。

"那是当然！"老教授说，"因为它代表泰山嘛！"

这些话在小石头的心中激起了波澜。

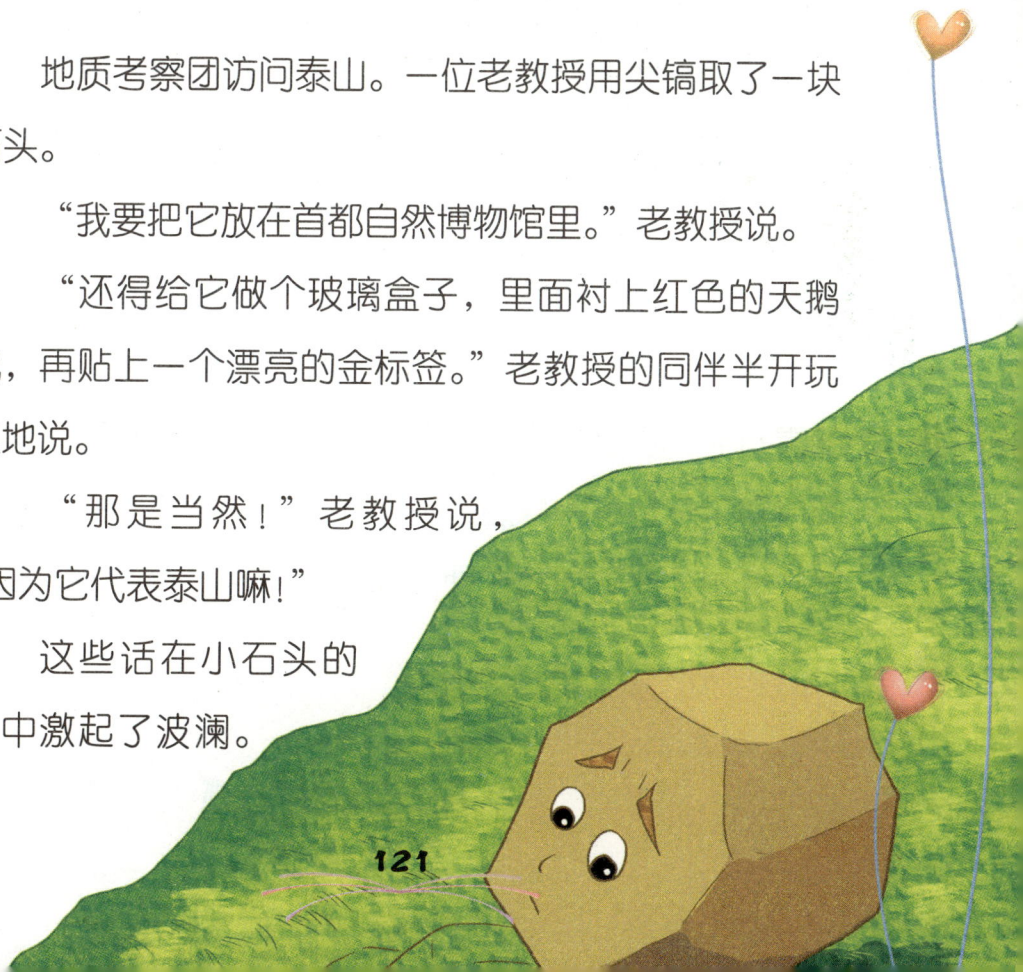

121

它想："这一下子可不简单，我要到首都去了！住进自然博物馆的玻璃房子里，还有红色天鹅绒的被子！现在，泰山在我的面前又算什么呢！"

不料，老教授由于疲劳，把那块小石头顺手扔了。小石头沿着山坡一溜烟滚下来，撞在谷底的青石上，昏了过去。当它苏醒过来，睁开眼睛，第一眼就望见高耸的山峰。云在山头飞动，松在山坡上发出阵阵涛声。小石头悲伤地自问："现在，我在泰山面前算得了什么呢？"

法海和尚

一群青年还没有登上金山寺就谈起了白娘子水漫金山寺的神话。他们对白娘子充满了崇敬，对法海和尚自然是无尽的恼恨。

峰回路转，曲径通幽，大家不知不觉来到法海洞。只见法海和尚的塑像堂堂正正，一派正气，端坐在云台之上。

"瞧他这个神气劲儿！干吗给他塑像，崇敬一个坏蛋？"

"法海这家伙不是被蟹吃了吗？"

"给园林部门提个建议，把它拆了！"

年轻人七嘴八舌叫嚷不停。

一位研究历史的学者听见青年朋友的话，笑着说："法海是唐朝宰相裴休的儿子，是位有名的禅师。这洞是他初到金山居住的地方。当时，殿宇破落，满目荒凉，他率众僧披荆斩棘，修葺房舍，种植菜蔬。一日，法海刨地得金。经官府奏报朝廷，用黄金维修寺庙，定山名为金山，庙宇就叫金

每周读个智慧故事

山寺。这样的开山祖师，难道不值得敬重吗？……对了，他和《白蛇传》中的法海是两码事呀！"

听到这里，大家都笑了。

当游人散去，法海塑像默默地自语："我领教了谣传的力量。但，历史的真实更有力量。"

桃花争艳，长江下游正是捕捉鲥鱼的好季节。入夜，江上渔火点点，岸边篝火闪闪。渔人围坐在篝火旁品尝江水清炖鱼汤。

"哎，今天的汤真香！谁放了香油？"一个小伙子惊奇地问。

"净开玩笑！"老渔翁说，"荒郊野外的，哪有香油。"

这汤确实香！围坐在篝火旁的渔夫吧嗒着嘴，证实小伙子的判断。

大家很快喝光了鱼汤。喜欢追根问底的小伙子发现，汤里的鲋鱼没有去鳞。他又揭下鱼鳞尝了尝：
"啊！原来这鲋鱼鳞下有一层油啊！"

从此，人们吃鲋鱼就不去鳞了。

老渔夫说："世界上有多少事是人们偶然发现的呀！如果不细心体察，不寻根追底，什么也不会发现呀！"

清晨，广西村寨里，老人在竹林里吹笙。美妙的声音好似淙淙泉水，引来一只画眉。细心的鸟儿观察了许久，最后说："明白了，是老人的爱心创造了这动人的声音。"

老人小心地把笙挂在墙上，牵着水牛下田了。笙望望空无一人的竹楼，对楼下的公鸡说："听过我的声音吗？真美呀，我是很了不起

的!"

"表面上看，你闪闪发光，很漂亮。不过，如果没有老人演奏，你只能挂在墙上，落满灰尘。"公鸡说。

傍晚，一群青年围坐在老人身边，学着做笙，老人一边选竹子、削竹子，一边平平淡淡地说："做笙和干别的事都是一个道理。把没有用的全部扔掉，哪怕像竹叶这样美丽的东西，用不上，也得扔掉，再把精心选好的东西放在一起……"

老人组装成一把笙，说："瞧，普通的竹子再也不是竹子了!"说着，抱起笙，试了几下音阶，吹出一首哲理诗。

镇江香醋和肴肉的对话

一张小桌上放着一盘肴肉和一碟香醋。

真想不到，醋和肉聊起来。

"人们都说，镇江有三怪，其中之一就是'肴肉不算菜'，你有何感想？"

"不算菜就不算菜吧！其实，我自己从来没有把自己当成佳肴、大菜，只是设法把自己独特的味道贡献出来而已。"

"好一个而已！就凭你的胸怀，也可以称为'怪杰'啦！"

"谢谢！"

鄱阳湖水

每周读个智慧故事

绿绿的鄱阳湖水透明、清澈，缓缓地流入长江。绿色的湖水长久地拥抱在一起，不愿投身到浑浊的长江里。这样，在鄱阳湖口就出现了一条十分分明的绿黄两色的交界线。不过，水是无法静止的。绿色的鄱阳湖水不得不跟着江水奔流，湖水渐渐地由绿变黄，变得和江水一样浑浊……

"哎，在这个广漠的世界上，清流是难

得独存的哟!"江上一位游人望着大自然的变化长长地叹了一口气。

白帆听见了他的叹息，

十分认真地对他说："人类不同于湖水，你们是可以让心灵常青常绿的。只要你们愿意!"

天下第六泉

人们顶着似火骄阳去看庐山名胜仙人桥。他们走了很远很远的路，累得汗流浃背，热得头昏脑涨，正渴得喉咙冒烟的时候，来到仙人桥畔的"天下第六泉"。大家争先恐后地拥上去，操起竹筒小碗，"咕噜噜，咕噜噜"，贪婪地大喝一番。

"啊，真甜！"

"嘿，真凉！"

"哈哈，真痛快！"

人们赞不绝口。这时，喝过水的人看见泉

边有几个大字：天下第六泉。一个个不平地叫嚷起来："怎么，才天下第六？这太不公平了！我看，这样甜美的泉水，应该天下第一！"

"我赞成！起码天下第二！"

泉水不紧不慢地一滴一滴地落在池子里，听着人们的对话，笑了："你们需要我，就把我捧到天上，这可以理解，但很不好。对我的了解莫过于我自己了。在这大千世界上，在千万个清泉之中，天下第六已经言过其实了！"

白鳍豚

　　长江里，一条受伤的白鳍豚被科学家捉住。科学家给它治好了伤，把它养在精制的水池里。多么神奇的水池啊！水清澈见底，闪着美丽的蓝光。水的温度不冷不热，也不流动、变化。真是天堂一般的天池！每天，科学家准时来到池边，把鲜活的鱼放在池里，给白鳍豚当早餐。他们还坐在池边与白鳍豚聊天，

同它玩耍。科学家真喜爱白鳍豚哩!

　　一天，科学家带着白鳍豚到其他城市去。他们坐上客轮，在长江里航行。白鳍豚看见了家乡的水，马上从特制的水池里跳出来，逃到长江里。"哎，白鳍豚! 你这是干什么? 这江水很浑! 江里还有扬子鳄，很危险啊!"科学家在甲板上一边搓着双手，一边大叫。

　　"是啊!"白鳍豚从浑浊的江水探出头来说，"长江里有泥沙，还有各种危险，可是，这是我可爱的故乡啊! 这比什么都重要哩!"

　　白鳍豚向　　　　　科学家友善地摆动一下尾巴就潜入江水游走了。

兴安岭大森林

"高高的兴安岭，一片大森林。森林里住着愉快的鄂伦春人。一呀一匹马呀，一呀一杆枪，獐狍野鹿打呀打呀，打也打不尽……"

旅游者哼着歌，怀着极大的期望，乘着火车闯进兴安岭，到了目的地，下了火车谁也没有看见心中的大森林，没有看见愉快的鄂伦春人，更不见獐狍和野鹿的影。旅游者坐在被砍伐的树桩上，哭了。

干风卷起雪花撒进旅游者的衣领，似乎在诘问："你哭什么？是你们人类自己毁灭自己！"

啄木鸟

啄木鸟落在兴安岭的大树桩上。它好似遗失了什么，焦急地转来转去。

"你在找什么?"荒原上传来风的声音。

"我记得这儿是一棵病树，生了虫子，是我治活的。不知它现在好了没有?"

"哈哈哈!"风狂笑，"现在，不用你治，它彻底好了!"

"什么?"啄木鸟没有理解风的嘲弄。

"树都不存在了,树上的病痛还存在吗?哈哈哈!"
风在笑。

啄木鸟低下头,流下了眼泪。

141

象鼻山的假军帽

每
周
读
个
智
慧
故
事

穿戴得五光十色的外国旅游者，像一群五彩缤纷的蝴蝶来到碧绿的漓江边，欣赏举世闻名的象鼻山。

导游小姐讲起故事："传说这头巨象十分善良，热心帮助农民耕作，这可触怒了玉皇大帝。他马上派天兵天将惩罚巨象。不过，玉皇大帝的兵将不是巨象的对手，只好宣布休战。巨象酣战了几天，又累又渴，急忙到江边喝水。这时，卑怯的天将从背后下了毒手，把一柄剑插进象背，杀害了英雄。从此，大象化成了石头，永远地留在江边。那象鼻山的塔，实际上是插进大象身体里的剑柄。"

导游小姐的介绍还没有结束，一群兜售纪念品的小贩好似嗡嗡叫的马蜂把游人团团围住。

"哈罗！买军帽吧！5元一顶！真正的传统军帽！"小贩一边讲着桂林味的英语，一边指点着假军帽上的假红星。

"哈罗！"游客十分感兴趣，一边争购，一边把假军帽戴在头上。

象鼻山望着这热闹的场面，垂着脑袋向奔流不息的漓江诉说哀愁："哎，这些小贩，真会唬人啊！拿假货冒充传统！真可悲！这发生在身边的骗局就像插在我背上的剑，使我心中隐隐作痛！"

　　"不必这样难过和认真吧!"漓江说，"小贩只是为了挣几个小钱，游人只图玩个开心。甚至，他们比我们更清楚：炫耀一时的假货永远是假货，更不会成为传统!"

半边渡

漓江边的青山峻峭巍峨。诗人爱这些青山，称它们为碧玉簪。不过，这簪子太高大了，插在两个小小山村中间，好似修了一座不可逾越的万里长城，给村民的交往带来极大的困难。山民要爬很高很高的山，走许多许多的路，才能到达并不遥远的邻村。

一天，老渔夫对山民说："山路有很多，干吗非要爬山？"

"有什么出路？难道让我们变成小鸟，展翅飞翔？"山民反问。

"哎，变不成飞鸟，还变不成游鱼？"老渔夫指指船头，认真地说，"走水路嘛！"

"水路？坐船只能到对岸去呀！"山民固执地摇脑袋。

"哈哈！真是糊涂透顶！坐船绕过高山到同岸去就不行吗？"老渔夫指点着。

山民仍是摇头："哪有半边渡的！"

不过，很多人听从了老渔夫的劝告。从此，漓江岸上多了一个提醒人们多动脑筋的去处——半边古渡口。

146

叠彩山下

叠彩山下，555牌过滤嘴烟蒂和富士牌彩色胶卷空盒正神气十足地大吹大擂。它们讲自己的高贵出身，又诉说主人的风度。

"嘿，我的主人，一天吸两盒香烟！他扔烟头的姿势，可漂亮哩！"

"我的主人，给女朋友拍照，把胶卷盒一甩，真大方，真帅！"

"算了吧！"

一丛青翠的兰花

147

打断了它们的话，"到处乱扔烟蒂和空盒不是大方！那是不文明！在这秀丽的山水间，更加可恶！说到你们本身的价值，我明白地告诉你们，一个是从嘴巴吐出来的垃圾，浑身浸透了尼古丁；一个是徒有虚表的空盒子，废纸！"

荸荠

漓江边，两位满头银丝的老华侨买了两串清水泡的荸荠。两位老人欣赏着洁白的荸荠片，好像舍不得吃似的，一点一点地啃咬，细细地品味故土的果实。两位老人的目光相遇了。他们"咯咯"地笑出声。毫无疑问，他们回忆起童年的趣事，也许，金色的梦又浮现在心头。

"多少年没有尝到家乡荸荠的味道了！"

老人像是在轻轻地叹息，可叹息中又充满了欣慰。

是啊，什么能比祖国的泥土味更珍贵、更甜蜜呢！

150

九马壁

　　朋友陪着画家从桂林乘游船到阳朔去。一路上，碧绿的漓江水倒映着一座座拔地而起的青山，令人心旷神怡。

　　游船来到一座石壁前。它被大自然的刀斧削去一半，赭石色的岩石裸露着。那上面斑斑驳驳的色块好似天公有意抹上去的，形成一幅十分生动的抽象画。

　　"瞧，这就是神奇的九马壁！"朋友对画家说，"你数数看，有几匹马！"

　　画家习惯性地眯起眼睛，果然发现一群生龙活虎的马！

"瞧，一匹马扬

起长鬃嘶鸣！一匹正向我们奔来！

一匹正翘起尾巴向远方驰去！看，这一匹腾空而起，要

飞出绝壁！……哈哈，这匹肥胖的马在地上打滚！它是

李贺诗中的马！厩中皆肉马，不解上青天啊！再瞧这匹马，嘴里嚼着蒺藜！它左边是一匹悠闲散步的马，它的身边有一匹小马。看，一匹马在低头啃草，两匹马直立起来互相撕咬、打架！真是生机勃勃啊！"

　　船渐渐地离开了九马壁。画家仍在回首眺望，解读绝壁上的图案。

　　"绝壁上只有九匹马，所以才叫九马壁。你怎么会数出十一匹呀？"

　　画家笑着回答："朋友，又何止十一匹！艺术家的幻想和创作是无穷尽的！"

照片和漓江山水

每周读个智慧故事

　　畅游漓江的船上，摄影家把自己最优秀的漓江照片给他的朋友看，并问他喜欢不喜欢。

　　朋友认真地看完照片，笑着说："你的照片很美。瞧，漓江上捕鱼的灯火、可爱的鱼鹰、映着夕阳的山峦和水牛、江中的竹筏和翠竹的倒影……不过，我更喜欢真实的、活生生的漓江山水。"

　　青山听见了，笑了。碧水听见了，也笑了。它们不约而同地说："即使是美，凝固了也会变得呆板啊！"

海市蜃楼

蓬莱海上，缥缈之中一座无声的城展现在人们面前，城里车水马龙，楼台亭阁，奇妙异常。眼力好的人甚至可以看清精美的门窗和行人的表情……

一个自称学者的人环视四周，高傲地说："幻影！这是不存在的！"

　　不料，波涛上的海市蜃楼闪出奇异的
光和声："像您这样的人物，我见得太多
了！遇到自己不懂的事，就大声宣布这是
幻影，不存在的！多么干脆，多么简单啊！
不过，事情果真如此吗？"

卵石

蓬莱水城的许多小店里都出售一种小小的旅游纪念品——卵石。

游人围着卵石大发议论："失去了棱角，失去了灵魂！这卵石还有什么意义？"

"哼，圆滑的象征！"

"看上去像一张面孔，只是连一张嘴都没有。沉默的傻瓜！"

一位诗人根本不理会别人的七嘴八舌，他细心地挑选了十几块卵石，说："我带走的，不仅仅是几块卵石，还有大海。"

鲍鱼

一只小得十分可怜的鲍鱼被老渔翁捕上来。老渔翁双手捧起小鲍鱼，仔细端详，好似他生平第一次见到鲍鱼似的："哎，几十年前，当我还是一个光腚娃娃，蓬莱海里到处都产大鲍鱼……"

"是啊！"小鲍鱼张开嘴说话了，"那时，还流传着许许多多鲍鱼的故事。什么王莽吃鲍鱼呀，什么曹植用鲍鱼祭曹操呀，苏轼赋鲍鱼诗呀……谁知到了今天，我却成了这一带海域里的最后一只鲍鱼！……在我死去之前，我只想告诉你：别再相信世界上有取之不尽的宝贝！还请你想一想，渐渐消失的黄鱼、带鱼……"

老渔翁突然领悟到什么。他把小小的鲍鱼放回大海。

鲍鱼

虾皮

夏令营的孩子们围着大玻璃缸兴高采烈地指手画脚：

"瞧，多好看！身体是半透明的！"

"哟，游起来可真快！须子还摆动哩！"

每周读个智慧故事

孩子们在欣赏水族馆的大虾。

离开了水族馆，孩子们看见有许多人在卖小虾皮。

"小虾皮可以长成大对虾，我们在水族馆看见啦。您别捞小虾皮卖了。"

"你们操什么心！"卖虾皮的翻翻白眼，"大海里有的是！"

孩子低下了头，流下了眼泪。他们记起了老师讲过的一句话：彻底消灭了小虾，大鱼也不复存在了！

老K和飞来石

四个人顶着烈日登黄山。他们拄着拐杖，在崎岖的山路上攀登，一个个汗流浃背，气喘吁吁，不停地擦着额头的汗水。

"黄山啊，真高！"

"呀，道路真险！"

"哎，爬山真累！"

"嘿，嗓子冒烟了，真要渴死人哩！"四个人连吁带喘，不住地喘气。他们终于来到飞来石下，连头也不抬，一屁股坐在松荫下，汗水都顾不得擦一擦，马上掏出扑克牌，热热闹闹地玩起来。

　　飞来石看见他们奇怪的举动，十分震惊。它对飘荡在山谷中的流云说："我们经历了多少朝代，从来没有看见过这样的游人！"

　　"是啊，"流云回答，"如果到黄山来，只是为了甩老K，为何不留在家里！……历尽了千辛万苦，竟不知道奋斗的目的！哎！"

迎客松

黄山迎客松下，人们流连忘返。

"迎客松真有风采！"

"迎客松是天下第一奇松！"

不仅人们赞美，相思鸟也落在迎客松枝头唱起赞美诗。

"赞美我的话太多了！"迎客松轻轻地咳嗽几下，说："请你们想一想，如果几百里的黄山上只有我一棵松树，黄山将变成什么样子！岩石裸露，水源干涸，甚至气候都会异样，那将是多么荒凉的景象啊！幸好，我有千千万万个兄弟姐妹。它们不仅有凤凰松、卧龙松、孔雀松和麒麟松，还有翠竹、杜鹃、玉兰花和天女花以及我叫不出名字的葱茏的树木和奇异的花草。我经常想到这一点：不管大家怎么把我比作天之骄子，我永远只是黄山万紫千红中的一点翠绿。"

每周读个智慧故事

求仙者

　　黄山云海如同万马奔腾，穿过深堑幽谷向天边飞涌。这云涌峰浮的自然奇观深深地吸引了求仙者。他以为那飞动的流云真有千钧神力，可以托起一座座山峰。他更想乘祥云飞向天边，和云中的十八罗汉一同去朝南海哩。

　　"我要追上罗汉！"求仙者叫嚷着。

"我不是罗汉，是普普通通的山峰！"始信峰对求仙者解释。求仙者却毫不理会。他如醉如痴，怀着梦想跃入云海。结果，等待他的是万丈深渊。

　　始信峰叹息着对云海说："你这空虚缥缈的云雾害人不浅啊！"

　　"这怎么能怪我呢？"云海回答道，"一味追求空虚缥缈的人，难道有别的结果吗？"

黄山竹手杖

　　春雨刚停，一缕阳光跃出云层，给黄山增添了无限的姿色。一群相约来游的诗人像吃醉了美酒，在散花坞观景台前尽情地赞美奇松、怪石和云海。

　　一只小鸟从雾中飞来，落在一棵翠竹上。鸟儿悄声地对竹子说："朋友，你听见了吗，人们又在赋诗，称颂黄山的松、石和云。真可惜，没有任何人提到你，更谈不到赞美你啦！"

　　竹子笑着抖落绿叶上的雨珠，心平气静地说："为什么非要人们赞美我不可呢？你瞧，游人们手里拿着什么？在他们的艰苦跋涉中，紧紧地拄着我。我成了他们

不可分离的朋友。难道，人们诚心诚意的信赖不比几声
赞美更有价值吗？”

宠物店见闻

宠物店里，一只长毛哈巴狗趾高气扬，昂着脑袋
"汪汪"叫。

"老兄，少叫两声行
不行？我要午睡啦！"
一只波斯猫说。

"猫小姐，在
你午睡之前，我

173

每周读个智慧故事

想告诉你，早晨来了一位顾客要买我，一张嘴就要给十万元！还说要每天给我洗澡，用美国的洗发膏、法国的香水，还要用日本的电吹风……"

"我知道啦，我知道啦！"猫打个了哈欠说，"你现在身价二十万元。不过，就算你值百万元，还不是一只供人玩耍的哈巴狗！"

174

左江花山岩画

　　温柔的左江水遇上悬崖，立刻转了个弯，继续向前流去。浪花望一眼峭壁上古怪又神秘的岩画，那赤褐色的图案使整个悬崖熠熠生辉。

　　一朵浪花问："这些青蛙一样的怪人，是谁画上去的？为什么要画？"

　　一朵浪花回答："这些事，只有我们的祖先知道！它们在这儿流过，亲眼看见过作画的人。可惜，它们早已汇入大海，不能再流回来。"

　　"这么说，这岩画成了千古之谜？"

　　"是的，是千古之谜！不过，有了谜并不坏。有了

谜，会有解谜的人，还会出专家，出学者。不过，还会
出一大批混饭吃的骗子！"

176

金茶花的私语

密林深处，几朵金茶花在窃窃私语。

"听说了吗？人们把我们当成花皇后。"

"我们真有那么尊贵吗？"

"当然，因为我们是金色的！"

"什么当然！金的就一定尊贵吗？"

"最珍贵的就是金子呀！"

"哪有这种事！如果我们繁衍开来，世界上到处是金花，还尊贵吗？"

调皮的风在林间吹起口哨。那美妙的哨音好似在嘲弄什么。也许，金茶花不愿风听见自己的谈话，全都沉默了。

会飞的火车头

火车头自己开足了马力，喷着白色的蒸气，吐着黑色的浓烟，一路上吹着刺耳的哨子，像风一样飞快地奔跑。它的轮子飞转，"空——突突，空——突突"，沿着长长的轨道滚动，穿过一座座隧道和桥梁，越过山谷和平原……火车头通过一个大火车站，对站台上的车厢高声喊叫：

"嘿嘿！伙伴们，快瞧瞧我吧！快开开眼界吧！看，我跑得多快！跟插上了翅膀一样！真正是急如流星，快如闪电呀！我是一个会飞的火车头！"

一列列车厢和满车的货物撇着嘴说："你不带领我

们——车厢和货物，自己
即使真的飞起来又有什么
用处呢？"

天塔和海河的对话

　　入夜，海河两岸，灯火一片。从高处望去，恰似一串串珍珠。温柔的河水映着灯火，比天上的星辰更加灿烂。

　　刚刚落成的天津电视塔，好似一只神秘的飞碟凝固在天空。它居高临下，望着脚下海河的景致，用天津人特有的口音向朋友问候："海河，你真是太美了！自从引滦入津以后，你那甘甜清澈的水使天津人甜在心里！"

海河望望云中的天塔，回答道："啊，天塔，你太神奇了！有了你，家家户户的电视节目变得清晰多彩。你使天津人美在心里！"

月下散步的人们都听到了这对话，他们都高兴地点头。

只有真正为民众谋幸福的事业才能赢得景仰和赞美。